隧道はるかに

小栗一男
OGURI Kazuo

文芸社

目次

プロローグ

「あ、危ない！」

買い物籠に一杯の野菜を積んで自転車を押していた初老の主婦が思わず叫ぶ。堤防に作られた歩道を幼い孫と歩いていた老爺《ろうや》を掠《かす》めるように自転車が走り抜けたからだ。元気な少年が漕ぐスポーツタイプの自転車だが、「避けろ爺ぃ！」とでも言いたそうな運転で謝罪は勿論《もちろん》、振り返りもせずに走り去る。

「全く今どきの子ときたら、危ないじゃないの。お爺さんケガしなかった？」

憤る主婦に老爺が頭を下げる。

「ああ、有難う、大丈夫ですよ」

「あら、汀《みぎわ》のお爺ちゃんですね、町内会の遠藤です。お孫さん？　可愛いわね、いくつなの？」

プロローグ

　老爺と手を繋いでいた幼女が嬉しそうに指を三本立てる。ちょいと小首を傾げる仕草が可愛い。ピンク色のリボンを巻いた白い帽子を被り、絵本から抜け出たような服装の幼女は頬のふっくらとした可愛い子だ。

「最初の孫でしてね、私が散歩する時はいつも付いて来るんですよ」

「うん、じいじのお守なの」

　思わず吹き出す主婦だが、嬉しそうな老爺の目尻が下がると、何処《どこ》となくひ孫と顔立ちが似ているのに気付いた。老爺は軽く会釈して歩き出す。左手に杖を突いているが、それほど歩くのに不自由はないようだ。スキップするような孫娘は、握っている老爺の左手を前後に大きく振るが、その手は軍手らしい白い手袋を嵌《は》めていた。右手は素手である。主婦はその小さなアンバランスに一寸違和感を覚えたが、あまり気にすることはなかった。

「あっ、じいじ、たんぽぽ！」

　土手の中腹に蒲公英《たんぽぽ》が十数本群れている。

　老爺は道端に設えられている木製の小さなベンチに腰掛けると、対岸の高架に目を向ける。川に沿って遠くの山までほぼ直線で続く鉄道である。山肌に微かにぽっかりと空いたトンネルが見える。もう少し近ければ鉄橋、川、トンネルと、三拍子揃った景色が一つのアングルに収められただろう。所謂《いわゆる》「撮り鉄」の聖地になれたかもしれなかった。

「あっ！　しんかんしぇん」

興奮して孫娘が指差す先に、アイボリーホワイトの車体を少し傾けて新幹線がグングン近付いて来た。駅が近い所為《せい》か、それほどのスピード感はない。

「じいじのとどっちが速いの？」

問われて老爺が苦笑いする。

「じいじのは蒸気機関車、ＳＬだったからね。新幹線みたいには速くは走れなかったんだよ」

「ふうん、つまんない」

「でも一杯煙を吐いて、なんだ坂こんな坂って言って走るのさ」

孫娘はなおも不満そうな眼差しを向ける。

「爺ちゃんの時代は蒸気機関車、次が電車で、ふうちゃんの時代はリニアさ。どんどん速くなる」

対岸では今度は反対方向から列車が走って来た。孫娘が再び指差して歓声を上げた。老爺が目を細める。

「ふうちゃん、遠くに行っちゃ駄目だよ」

「うん、たんぽぽ採るの」

兎のようにピョンピョン跳ねながら大きめの蒲公英を摘む孫娘。老爺はその姿から目を離さないように努めているが、陽気の所為か視線が遅れがちになっていた。空には大きな鳥が上昇気流に乗ってゆっくりと輪を描いている。鷹《たか》だろうか鳶《とび》だろうか、堤防の草むらが所々で渦を巻いて揺れていた——。

機関助手見習い

「諸君たちは本来なら鉄道学校の生徒として訓練されるところである。が、この国家の一大事の時、機関助手見習いとして乗務し、物資輸送の一翼を担う重要な役目を与えられた。家の誉《ほまれ》と心得、しっかり乗務するよう期待するものである」

演説好きの機関区長の訓示に一寸辟易しているのは、未だ少年みたいな若い機関助手見習いたちだった。

蒸気機関車の運転手、特に若い機関助手が大量に召集されて、兵役、主に海軍の機関兵として戦地に送られると、国内の輸送業務に忽《たちま》ち滞《とどこお》りが出た。そこで本来なら未だ正式な輸送に携わることのできない研修生を、急遽機関助手見習いという臨時の役職を設けて現場に配備した。勿論経験も技術も腕力も劣る少年たちを受け入れる現場の機関士の負担は大きかった。それでも蒸気機関車は一人では運転できない。機関士と助手のペアができてはじめて運転シフトが組めるのだ。

「ようよう、未来の機関助手様のお出ましだ。任命状は貰ったか？」

機関士たちの詰め所に戻った九名の機関助手見習いを、先輩機関士たちが笑顔で迎えてくれる。九人は頬を上気させて照れ臭そうであり胸を膨らませている。そんな彼らに冷や水を浴びせかけるかの如く割れ鐘のような怒声を張り上げた中堅機関士がいた。

「お前たち、大変なのはこれからだぞ！　分かっているのか！　東京では空襲が毎日だと言うし、列車がグラマンの襲撃を受けることも珍しくなくなっているんだぞ」

一瞬にして凍り付く九人だったが、機関士の先輩が取り成してくれる。

「まあまあ、岡田君、今日はよいだろう。若いが皆心得ているよ」

「はあ、そうだとよいのですが……」

岡田機関士はもっと何か言いたかったようだが、年長の機関士に止められて渋々口を噤《つぐ》む。

「これから諸君と組になる機関士を発表する。今日非番の者もいるが承知しておくように。組になる者は顔合わせをして勤務を確認後、帰宅してよい」

実際には当番で勤務中の機関士が二名いたので七組のペアができることになる。九人は緊張して背筋を伸ばす。九人の中で一番の年長で背の高い少年が、岡田と呼ばれた怖い先輩と組むことになる。可哀そうに少し顔が青ざめたようにも見えた。九人の中で最後まで名を呼ばれなかったのが、一番小柄で華奢な少年だった。「えっ？」というような目を向ける。自分の名前が呼ばれないうちに、ペアを発表していた機関士が帳面を閉じてしまったからだ。周りでは新しいペア同士で自己紹介し合い、早くも息を合わせようとしていた。

岡田機関士とペアを組む少年藤田の身長は、一六五センチを超す。だが岡田機関士はさらに長身で、一七〇センチはある。藤田少年は岡田機関士に背中をど突かれて、早くも涙目であった。岡田機関士の半袖から覗く前腕は、剣道高段者のように畝《うね》を成して盛り上がっており、拳も栄螺《さざえ》のように固くゴツゴツしていた。

「やあ君が安藤君か、自分は賀来《かく》だ。自分と組むからには、大船に乗った気持ちで努めてくれ給え」

地元の漁師の家系でもある賀来機関士は真っ黒に日焼けした小柄な中堅機関士だ。

「はい！　安藤です。宜しくお願いします。」

嬉しそうに返答する安藤見習い機関助手だった。組合は違うが彼も漁師の息子だったのだ。色の黒さなら負けなかった。白い歯が印象的な元気活発な少年だ。

「分からんことがあったら何でも聞いてくれ給え。分からんことをそのままにしておくのが一番良くないのだ」

「はい！　宜しくお願いします。」

だがその遣り取りを聞いていた岡田機関士が、しかめっ面で舌打ちしたのを見逃さなかったのは、最後に残されたあの少年だった。一瞬不安げな顔をした少年に、先任機関士が声を掛けた。

「真帆《まほ》君、君は自分と組むんだよ」

いきなり名前を呼ばれて少年機関助手が驚いて跳び上がるように振り向く。

「覚えているかな、父上のご葬儀の日に会ったことがある。君が未だ学校に上がる前だったから仕方ないか」

真帆と呼ばれた少年機関助手が戸惑っているのを見て、先任機関士が先に自己紹介する。

「自分は進藤幸太郎。この機関区の機関士を預かる指導機関士だ。本来なら自分の立場では組む相手は固定しないのだが、このご時世だ、人手不足でね。暫くの間一緒だ」

真帆が直立不動で吃りながら答える。

「は、はい！　汀《みぎわ》真帆です。此方《こちら》こそ宜しくお願いします！」

進藤機関士は頷くと、真帆の肩を軽く叩く。岡田機関士とは大きな違いだ。

「はは、あまり固くなるな。今日はこれで終わりだから帰宅してよい。家族がお祝いの支度をして待っているんだろう？　早く帰ってあげるんだ」

真帆が背筋を伸ばし敬礼する。父の跡を継いで機関士の道を歩み始めた自分を、祖母は涙を流して喜んでくれた。

「明日は朝の八時集合だ。岡田君も先ほど言っていたが、大変なのはこれからだ。しっかりやろう」

詰め所を出ると、真帆を待っていたかのように後ろから追い付いて来た同期の藤田がこっそりと耳打ちする。

「いいなあお前は、進藤さんと組めて」

「えっ、どうして？」

「俺なんか岡田さんだもの、一番怖いんだよあの人。大きいし、力は強いし、明日から憂鬱だよ」

昨日まで九人のうちで一番大きくて元気の良かった藤田だったが、今は青菜に塩だ。真帆は意外に感じている。厳しいと言えば進藤機関士の指導法だって厳しいとの噂を耳にしていたからだ。人当たりは穏やかで教え方も丁寧で分かり易いとの評判なのだが、中々褒めてはくれず、しかも試験の時の採点の厳しさには定評があった。だが父のことを知っていたのは初耳だったので、帰ってから母に尋ねるつもりでいた。進藤指導機関士が同じ地元出身なのを真帆は知らなかったのだ。

駅舎を出ると近くの寺から正午を告げる鐘の音が聞こえてきた。通常なら消防署のサイレンが響くのだが、最近は空襲警報と混同するとの苦情が寄せられて、寺の梵鐘を代用するようになっていた。但し、正確に時を打つのは役場の近くの近在では一番大きなお寺の鐘である。他の寺はその音を聞いて自分の所の鐘を打つのだ。そのため郊外の末寺ではどうしても遅れるし、雨風の強い日は聞こえないこともたびたびであった。正午の他は朝六時と夕方五時に時を知らせていた。

「何だい、江戸時代じゃあるまいし」

と陰口を叩かれもしたが、近隣の大都市で空襲が増えてくると、誰も文句を言わなくなっていた。ちなみに神社では大太鼓を叩いた。

駅舎を出た真帆は速足で、いや小走りに駅前商店街を通り抜ける。駅前はバスのロータリーとなっていて、三本の商店街が延びていた。左が三条通り、中央が鈴蘭通り、右が役場に通じる本通りと名前が付いていた。真帆の家は鈴蘭通り商店街の先にある。商店街の入口に鈴蘭を模《かたど》った小さなアーケードが設けられていて、近在では一番お洒落と言われた商店街だった。本通りと三条通りにはアーケードはない。

鈴蘭通りには、花屋、書店、食堂、和菓子屋、呉服屋、家具屋、米屋、写真館などが並ぶ。遊技場や一杯飲み屋、今で言うスナックみたいな店もあったが、未成年の真帆は未だ一度も入ったことはない。本通りは役場、消防署、警察署それに逓信局に繋がる官庁街のような雰囲気があり、三条通りは民間会社の社屋が多い。その点鈴蘭通りは、純粋な商店街とも言えた。

商店街の終わりには「くりや」と名乗る老舗の和菓子屋がある。縦二メートル、横五メートルはあろうかという檜の一枚板の木製看板が自慢の、栗饅頭が名物の店だ。しかし、砂糖が配給制になってから、早々と店を畳んでしまった。職人気質の主人が砂糖の代用品での饅頭作りを拒否したからである。十年ほど前に砂糖の高騰で商品を値上げせざるを得なかった時、羽織袴姿で取引先や近所に謝罪して回ったという伝説のある律義者だった。今、店の前は静かで人の気配はない。

「まあ坊、辞令が下りたの？」

向かい側の汁粉屋から声が掛かる。小柄でぷっくりと太った黒縁の丸眼鏡を掛けた小母さんが声の主であった。「くりや」と違ってそれほど上質な砂糖は使わなくともよかったのが幸いした。また、少しずつ貯めていた配給の砂糖と人工甘味料とを合わせて、商売を続けられている。だが、遅かれ早かれ「くりや」と同じことになるだろう。汁粉屋の小母さんは真帆のお隣さんだった。学校帰りによく余った饅頭や最中を分けてくれた。時には商売物の汁粉を振る舞われたことも少なくない。子供にとって特に冬場は大御馳走だ。それを知った真帆の母が料金を払おうとしたが、決して受け取らなかった。尤も自分の子供が御馳走になったからといって料金を払おうとしたのは真帆の母親くらいだったが。

「ほんと、スミエさんは人がいいんだからぁ。いくらお隣さんだからってね」

逆にこう言われては母も苦笑いするしかなかった。

「あれ？　小母さん、お店は未だ続けていたんですか？」

いつもは陽気な小母さんが視線を落として一寸悲しそうな顔をする。

「うちは『くりや』さんと違って上等な砂糖は使っていないから続けられたけど……。もう砂糖が切れちゃって代用品ばかりになっちゃったのよ。今の品物がなくなったらお店は当分の間閉めるわ」

仰天する真帆の前で小母さんは寂しそうだった。それでも笑顔を作っていつもの小母さんに戻る。

「お店が終わったらお祝いに行くわね」

真帆は帽子を取って頭を下げた。

「明日機関区からの帰りに寄るのよ、まあ坊の分は残しておくから」

「有難うございます」

「何を他人行儀なこと言ってるの。小母さんは貴方が赤ん坊の時から一緒なんだから。お父さんが大変な時はスミエさんの親代わりだったでしょ」

そう言う小母さんの目が潤み鼻声になりかけていた。肉親以外で真帆の出世を一番喜んでくれた。

店を出た真帆は、一寸振り向いて手を振ると家路を急ぐ。小母さんはいつまでもニコニコ微笑みながら見送ってくれていた。この町一番の繁華街の一角だが、人通りはメッキリ少なくなっていた。もう売れるものが少なくなっていたのである。

商店街が終わると道路を挟んで映画館が建っている。この界隈では一番大きな映画館だった。その映画館を取り巻くように別の商店街ができている。平日の昼間だがかなりの人出だ。映画の観客目当ての商店で、飲食店が多い。特に喫茶店が目立つ。映画を見終えた連中が三々五々集まって感想を述べ合うのが常だった。スナック形式の洒落た飲み屋もある。実際、映画が終わるとそちらに流れ、朝まで今見た作品を肴に語り明かすのだ。アルコールが入るので男客が多く、熱い議論になることも多かった。しかし、この戦況ではそれもままならない。夜中に灯りが点いていると直ぐに憲兵が怒鳴り込んでくるので、スナックのマスターは商売あがったりである。尤も映画談議に花を咲かそうにも戦意高揚のための国策映画ばかりで、戦前の目の肥えた映画通には論評に値しない作品が殆どだった。しかしながら、そんな映画しか撮らせて貰えなかったのだから仕方がない。それを拒否すれば監督も俳優も干上がってしまう時代だ。

彼らが本当に見たかったのはフランスやアメリカを中心とする所謂西洋映画だったのだが、それはとっくの昔に配給が中断されていた。集まって映画談議に花を咲かそうにも国策映画ではその気にもなれない。自然ひいきの喫茶店からも足が遠のく。喫茶店側にしてみれば砂糖はおろかコーヒー豆、紅茶も手に入らなくなっている。商売あがったりで、閉店している店も多かった。

其処を過ぎると住宅街に移り、馴染みの畳屋の前を直角に国道が横切る。国道を挟むようにして大きな病院と職員、看護師たちの三階建てのアパートがあり、それに隣接するのが真帆の実家だ。周囲を小さいながらも畑が取り囲んでいる。

家の前で少し腰の曲がった祖母が手を振って真帆を出迎えてくれていた。が、その隣にセーラー服の少女が立っていた。近所の娘ではない。祖母より首一つ長身だ。真帆を見て軽くお辞儀をする。面食らう真帆だが、その少女に見覚えがあった。本当は嫌いなはずの姉さん被りにもんぺ姿になった母も畑から姿を見せる。その後ろから小さなおかっぱ頭が二つ。二人の妹たちが駆けて来た。畑仕事の手伝いでもしていたのだろうか、膝と手と肘が泥だらけである。

「まあ兄ちゃん、お帰りぃ！」

駆け寄って真帆の両腕にぶら下がる妹たちに、男子としては小柄な真帆がよろめく。

「ほらほら二人とも、膝が泥塗《まみ》れじゃないか。お母さんにまた怒られるよ」

「ううん、だってなっちゃんとふでちゃんは、お母さんのお手伝いしてたんだもん。ねぇ、ふでちゃん」

いたずらを見つかった時の口裏合わせみたいに、二人で顔を見合わせて頷き合う。

セーラー服の少女はそれを見て思わず吹き出している。

「覚えているかね、お父さんのお葬式の時に来てくれた進藤さんの所のお嬢さん」

「進藤文代です」

「お前が辞令を受けたことを知らせに来てくれたんだよ」

「あ、有難うございます」

真帆が頭を下げる。

「まあ兄ちゃんが照れてる」

「こ、こら！」

慌てる真帆に、妹たちが祖母の後ろに逃げ込むと当の文代が笑いだす。釣られて祖母も母も笑い、妹たちは舌を出し首を竦《すく》め、真帆が少し頬を染めて頭を掻いた。

「おお、機関助手殿のご帰還だな」

隣の小父さんが姿を見せる。鈴蘭街の汁粉屋の小母さんの旦那である。

「いえ、未だ見習いです」

「それじゃ私はこれで失礼します」

一礼して帰ろうとする文代を、祖母が慌てて引き止めるが帰って行く。

「進藤さんの娘さんか、まあ君より年上なのかい？　大きいね、まあ君の嫁にちょうどいいかな」

歓声を上げる妹たちだが、真帆は真っ赤になって家に駆け込んでしまった。大笑いする大人たちの声が聞こえて来るが、少し腹立たしく、でも何となく嬉しくもあった。

その夜の食卓は赤飯だった。

「小豆が手に入らなくて」

と母がぼやくが、確かに少ない。それでも贅沢品が珍しくなっているので、妹たちは大喜びだった。お煮しめも付いたが、鶏肉などの肉や魚すら入っていない粗末なものだった。それでも御馳走だ。最近は畑の小さなトマトなども赤くなる前から盗まれて、家族の口に入らないのだ。

翌日からは近所の面々が入れ替わり立ち替わりやって来て、祝いを述べていく。その殆どが成長した真帆に、父のことを重ねていた。

戦火の中で

その夜、小用に起きた真帆は、遠くの空が赤くなっているのに気付いた。灯火管制が厳しくなっている今、僅かだが闇夜に明かりが灯ることなど有り得ない。勿論音は全くしない。ただ静寂の中でぼんやりと空が赤いのだ。もしや都市や工場地帯への空襲かと思うと、背筋に寒気が走った。まさか、と不安を振り払うように頭を振るが、それから朝まで一睡もできなかった。当然食欲はない。心配げな母を後に残し、遅れずに詰め所に着くことができた。

「東京と横浜がやられたらしい」

「ダイヤが滅茶苦茶だ。下りが来ない」

「上りも駄目だ。許可が出ない」

真帆の不安が当たった。翌朝の詰め所は大騒ぎだ。機関士に対していつも尊大な態度で接するため、岡田機関士が「髭野郎」と毛嫌いする運行係長が右往左往し、電話に齧り付いている。しかし、電話も不通が続いているためさっぱり状況が分からなかった。今日は学童疎開の見送りが二件ある。一件目の列車到着が間近に迫っているが、とても時間通りにはいかないだろう。ホームには人が溢れかえっていた。そこに進藤機関士が現れる。一斉に取り囲む機関士たちに沈痛な面持ちで、昨夜の悲報を伝えた。

「昨夜襲来したB‐29約一〇〇機を我が夜間戦闘機隊が迎撃し、未確認を含めて五〇機を撃墜した」

おーっ、という歓声が詰め所内に上がる。

岡田機関士が拳を自分の手の平に叩きつけて喜びを表わす。だが、次の言葉に緩めた頬を噛む羽目になる。

「しかし、残念ながら被害は出ている。東京、横浜の工場地帯が被災し、かなりの損害を被ったようだ。停電も起きており電車が動かない」

「電車が駄目でも我々の蒸気は大丈夫でしょう?」

岡田機関士が進言すると、進藤機関士はそれを片手で制すと大きく頷く。

「その通りだ。我々の蒸気機関車は停電でも運行できる。我々の役目は増々重要になるのだ。ダイヤは乱れるが、空襲警報に注意して頑張ろう。なお、昨夜の迎撃では、夜間戦闘機隊が体当たりで一〇機ものB-29を撃墜したそうだ。しかも、体当たりしてなおも生還した強者も少なくなかったとのことだ」

「おおぅ！」

岡田機関士が今度は両手を握り締め机を叩くような動作で興奮する。

「やった、やった！」

と、他の機関士たちからも歓声が上がる。

「ダイヤは未だはっきりしないが、いつでも乗車できるように待機していてくれ」

結束を固める機関士たちだが、ダイヤが元通りになるのに丸二日掛かり、かつ空襲が散発するためしょっちゅうダイヤが乱れた。当然学童疎開の子供たちの出発も遅れに遅れた。

進藤機関士と真帆の初業務は、学童疎開列車の牽引だった。

「凄い見送りですね。ホームどころか駅が見送り人で一杯だ」

「ああ、そうだな」

進藤機関士の口数は少ない。発車時間になるとベルの音が掻き消されるほどの歓声が上がる。見送りに来た親たちが発するものだ。

「腹こわすなよ！」「風邪引いちゃ駄目よ！」「可愛がって貰えよ！」

「みんなで仲良くなぁ、喧嘩しちゃ駄目だぞ！」

親ならば当然の心配だ。そんな中で恨みの声も混ざる。

「何てこったい、今頃ワシントンを征服しているんじゃなかったのかい！」

「全くだ。南方で負けているからB公やグラマンが飛んで来るんだろう」

「お、おいおい」

隣にいた男が慌てて肘で小突いて陰口をやめさせる。

「滅多なことを言うな。特高に引っ張られるぞ。憲兵だって何処に紛れ込んでいるか分からんぞ」

機関車の汽笛が耳を劈《つんざ》く。車窓に齧り付いていた見送り人が渋々離れる。一杯に膨らんだリュックサックを背負った子供たちが多い。親たちが精一杯気遣ってものを持たせた結果だ。窓から乗り出して手を振ろうとする子供たちを、付き添いの教師たちが懸命に座席に座らせる。

進藤機関士がレバーを二度三度と引いてシリンダーに蒸気を送り込むと、大きな動輪がゆっくりと回転し始める。途端にガチャガチャと先頭車両から連結部のナックルが引っ張られて起きる音が、後列に向かって走って行く。列車がゆっくりと動き始める。ホームの端でドレーンを切り、煙突から盛大に煤煙を吐くとスピードが上がり、見送り人で一杯の駅のプラットホームが見る見る小さくなる。

真帆は蒸気圧を落とさないように大スコップで石炭を投入する。揺れる機関室の中でバランスを取りながらの作業だ。運転するD－51は自動投炭装置が付いていない。全て機関助手の投炭で蒸気を作らねばならない。

駅を出てから暫くは平地が続くため教科書通りの作業でよかった。町外れの国道を横切るとあたりは一面田圃地帯となる。青い稲が遠くまで広がり目に染みた。進むに従って平地の幅が狭くなり三〇分も走ると山の谷間を走ることになる。その間に停車駅は三駅だ。最初の停車駅の駅員は一人である。

「やあ、元気にやっているかね。お、今日は新顔か。随分若いねぇ」

初老の駅長が真帆を見て一寸驚いたようだった。背筋を伸ばして真帆が挨拶する。

「本日から見習いとして業務しております汀真帆と申します。宜しくお願いします」

「そうか昨日まで指導機関士が同乗していた実習生か。皆機関助手になれたのかね」

「はい、お陰様で昨日全員が見習いの辞令を頂きました」

頷く駅長は好々爺のような眼差しを向けるが、進藤機関士に空襲警報の有無を聞かれると厳しい顔になる。

「今日は未だだが、気を付けるに越したことはない。先の鉄橋の上なら急停止するしかないが、その先のトンネルに逃げ込めれば安心だ」

進藤機関士も頷く。小さな駅だがダイヤ通り動かないと知っている乗客で、三両の客車は早くも満席だ。発車時間が迫っているのに未だ田圃の中の一本道を駅に向かってダッシュしてくる乗客がいた。

「気を付けてなぁ、スーラスーラにならんようになぁ」

駅長の敬礼に見送られて駅舎を出る進藤機関士に真帆が聞く。

「スーラスーラって何ですか？」

「ああ、中国語でお陀仏って意味だ」

きょとんとする真帆。

「進藤さん中国語が分かるのですか？」

「ああ、兵隊語だけどな。昔、海軍で機関兵だったので大陸に駐屯したことがある。その時少し覚えたのさ。あの駅長さんは満鉄に勤務していたことがある人だ」

満鉄のあじあ号は、一度運転してみたい真帆の憧れのＳＬだった。

そして進藤機関士は汽笛を二回鳴らす。上部構造のない桁橋のみの鉄橋だが結構長く、保線夫が数名橋上に出っ張った待避所に立って手を振って見送ってくれる。

鉄橋を過ぎると両脇に山が迫ってくる。

「子供たち、窓を閉めなさい。直ぐにトンネルだ」

子供たちが歓声を上げて窓を下ろす。フックを押しながら窓を下げるのだが、遣り方によっては結構力がいる。フックが錆び付いて固くなっていたり、さらに窓枠が少しでも傾いていると滑らかに動かないのだ。老朽化した客車にはよくある現象だった。

年長の男の子が数人掛かりで押すのだが、中には見かねた大人が助けてくれた席も少なくなかった。

トンネルは蒸気機関車の機関士にとって地獄である。ゴーグルを掛け手拭いで口を覆って煙を防ぐのだが、時には手拭いの口や鼻の周りが黒くなることもあった。このトンネルは短く直ぐに通過してしまうので、さほど苦労はなかった。後は曲がりくねった山道を走る。一時間ほど走ると平地に出る。比較的大きな駅の機関区で給水するとさらに先を急ぐ。都合二時間の乗務で交代し、今度は上り列車を担当することになる。スレ違う列車はほぼ満員だ。皆蒸気機関車である。

乗務を終えた真帆たちにとって、機関区の風呂に浸かるのが至福の時間だ。汗と煤と一緒に疲れが湯に染み出ていく。帰路、いつもなら歓楽街の明かりが灯る時間帯なのだが、食堂以外の店は早くも閉め始めていた。その夜はどの方向の夜空も赤くなることはなく、静かな夜だった。

運が良いのだろう。彼方此方《あちらこちら》から列車の空襲被害が聞こえてくるが、進藤機関士と真帆には実害はなかった。学童疎開中に空襲を受けて便乗して来る団体が後を絶たなかった。進藤機関士と真帆のペアは不思議と空襲を受けずに学童たちを無事送り届け続けた。

「単に運が良かっただけだよ。これからも上手くいくとは限らない」

と言って進藤機関士は笑うが、「進藤機関士の列車」などと名指しで乗車してくる輩が増えて、小さな町の大きくもない駅が疎開する学童と見送り人でごった返すことになる。座席指定は当たり前だが、機関士の指名など聞いたことがない。中には機関室の進藤機関士に対して柏手を打つ者まで現れる始末だ。隣にいた真帆までがとばっちりを受け面食らってしまう。そんな中、敵機の機銃掃射を受けて森の中に逃げ込んだ機関士も現れる。幸いケガはなかったが次は分からない。

「おう、どうしたんだその腕は？」

賀来機関士が右腕の手首から肘まで真っ白な包帯で巻き、ご丁寧に三角布で首から吊っているではないか。額にも大きな絆創膏が貼られている。

「大丈夫か？　骨折か？　切り傷か？」

進藤機関士に問われて賀来機関士が答えたのは、九死に一生の体験だった。

郵便はがき

料金受取人払郵便

新宿局承認

2524

差出有効期間
2025年3月
31日まで
（切手不要）

1608791

141

東京都新宿区新宿1－10－1

(株)文芸社

愛読者カード係 行

ふりがな お名前		明治 大正 昭和 平成 年生 歳
ふりがな ご住所	□□□-□□□□	性別 男・女
お電話 番 号	（書籍ご注文の際に必要です） ご職業	
E-mail		

ご購読雑誌（複数可）	ご購読新聞 新聞

最近読んでおもしろかった本や今後、とりあげてほしいテーマをお教えください。

ご自分の研究成果や経験、お考え等を出版してみたいというお気持ちはありますか。

ある　ない　内容・テーマ（　　　　　　）

現在完成した作品をお持ちですか。

ある　ない　ジャンル・原稿量（　　　　　　）

書　名			
お買上 書　店	都道　　　市区 府県　　　郡	書店名	書店
		ご購入日	年　　月　　日

本書をどこでお知りになりましたか？
1.書店店頭　2.知人にすすめられて　3.インターネット（サイト名　　　）
4.DMハガキ　5.広告、記事を見て（新聞、雑誌名　　　）

上の質問に関連して、ご購入の決め手となったのは？
1.タイトル　2.著者　3.内容　4.カバーデザイン　5.帯
その他ご自由にお書きください。
（　　　　　）

本書についてのご意見、ご感想をお聞かせください。
①内容について

②カバー、タイトル、帯について

弊社Webサイトからもご意見、ご感想をお寄せいただけます。

ご協力ありがとうございました。
※お寄せいただいたご意見、ご感想は新聞広告等で匿名にて使わせていただくことがあります。
※お客様の個人情報は、小社からの連絡のみに使用します。社外に提供することは一切ありません。

■書籍のご注文は、お近くの書店または、ブックサービス（0120-29-9625）、セブンネットショッピング（http://7net.omni7.jp/）にお申し込み下さい。

「両方です、実家の船で漁をしている最中にグラマンに襲われたのであります。申し訳ありません」

　詰め所の中がざわめく。グラマン戦闘機に狙われれば小さな漁船など一溜《ひとたま》りもない。有名なゼロ戦は大口径の二〇ミリ機銃を二挺積み一発の威力は絶大だが、肝心の携行弾数が六〇発そこそこで命中率も悪い。片や敵のグラマン戦闘機は、一三ミリ機銃を六挺も積んで携行弾数も一門当たり数百発と段違いだ。その機銃掃射によって、漁船どころか戦闘艦であるはずの駆逐艦までが少なからず撃沈されていた。

「いやぁ、驚いたのなんの、いきなり右舷前方に火の玉が上がったんですよ。結構大きな鉱石運搬船だったかな。ハッと気付いた時には数機のグラマンが入れ替わり立ち替わり機銃掃射しておりました。あっと言う間に火達磨ですよ」

　賀来機関士は身振り手振りで当時の緊迫した様子を語る。周囲で操業していた十数隻の漁船が蜘蛛の子を散らすように炎上する鉱石運搬船の傍から逃げ出した。

　しかし、フルスピードで毎時一〇ノット出るかどうかの漁船が戦闘機から逃げられるはずもなく、六丁の機銃から火の雨を降らされ次々と炎上、沈没する。賀来機関士の乗る漁船に超低空でグラマンが迫る。軸線が船の進路とピタリと合うと、翼の前縁が真っ赤に光った。

舵を取っていた船頭が絶叫する。

「飛び込め！　逃げろぉ！」

賀来機関士が聞いた本家の伯父の最後の声だった。遠ざかる漁船が一瞬海面から跳ね上がり空中で爆発した。船の破片が頭から降ってきたので慌てて潜水する。それがグラマン戦闘機から隠れることとなって命拾いしたのだろう。遠ざかる敵機の編隊の機影が消えた頃、幸運にも仲間の漁船に助けられた。漁船の上でガタガタ震える賀来機関士、季節は暑いくらいなのに震えが止まらなかった。

「いやあ忘れられませんよ、泳ぎながら見た船の最後は。降ってくる破片を潜って避けたんですがね、次に浮き上がったらもう船の影も形もありませんでした」

賀来機関士は盛んに身振り手振りを交えて説明する。それにつれて愛嬌のある団栗《どんぐり》眼《まなこ》がくりくりと動き、周りに集まった人たちを直視する。見つめられた者の殆どは目を逸らすか一寸俯く。俯いた人の殆どはもう笑いを堪《こら》えていた。しかし、賀来機関士が九死に一生を得たこと、本家の伯父を失ったことは本当なのだ。

「い、いやぁ、大変だったねぇ。伯父さんは気の毒した。君も名誉の負傷だ。直ぐ治るのかい？」

初老の運行課長が心配そうに尋ねる。

「はぃ！　このような状況ですので暫く休みを頂きたいのです」

直立不動、右手で敬礼して休暇の申請である。顔を見合わせる機関士たちが、挙手している三角巾で吊っていたはずの右手を凝視すると、賀来機関士は慌てて手を下ろす。目を瞬かせてバツが悪そうだ。

「そうか、止むを得ないな。これから伯父上のご葬儀もあるんだろう。君の実家は漁師の元締めみたいなものだからな」

結局、賀来機関士は葬儀が終わるまで一週間ほど休むこととなった。帰って行く賀来機関士の足取りがやや軽く見えた。いや、軽いというよりは小走りに見える。その背中を睨み付けていた岡田機関士が毒づいた。

「臆病風に吹かれやがって、グラマンが怖くて逃げ出す口実じゃないか。あんな掠《かす》り傷に大袈裟に包帯を巻きやがって」

　誰かが思わず噴き出した。

「まあまあ、そう言うな、身内に戦死者が出ていることもあるし……」

　進藤機関士はそう言って庇ったが、岡田機関士はよほど腹に据え兼ねていたのだろう。

「痛めている腕をあんなに振り回せるはずはないでしょう、進藤さん」

　堪りかねたように周りからどっと笑い声が上がる。苦笑しながらそれでも進藤機関士は乗車割を組み直す作業を始める。元々欠員があるので中々大変である。

「真帆君、明日の学童疎開列車の担当だ。賀来君の担当列車なのだが、非番で休みのところ済まんが宜しく頼む」

　勿論、真帆は一も二もなく引き受けるが、逆に進藤機関士を気遣った。

「進藤さんこそ、もう二週間も休みなしです。体が持ちませんよ」

「心配するな、海軍は月月火水木金金なのだ。これくらい何ともないさ」

佐久間夫人

「こんばんは、夜分恐れ入ります。佐久間でございます」

　夜の八時、周囲は真っ暗で夜道を歩く者などすっかりいなくなっていた。個人の家を明かりもなしに間違わずに辿り着けるのは近所同士でしかない。「佐久間」と聞いて真帆の母が大慌てで玄関の明かりを点ける。そして玄関を開けると、そこに長身の夫人が立っていた。

「まあまあ佐久間様、こんなむさくるしいところに、どうぞお入り下さい」

　今はもんぺ姿だが、少し前まではいつも高価な着物姿の素封家の娘だった。紬を好むことで「紬夫人」と陰口を叩かれていた。が、「贅沢は敵だ」などのスローガンが出回ると、いつの間にかもんぺ姿になっていた。それでも「あのもんぺは紬じゃないか？」などと噂される始末である。少し瓜実顔の頬がこけたように見えるのは、三和土《たたき》を照らす暗い裸電球の所為だろうか。

「ささ、中にお入りください。灯火管制がやかましゅうございますので、カーテンを……あらお子様が」

夫人の後ろに隠れるように子供の頭が三つ見えた。二つは女の子のおかっぱ、一番小さなのは男の子のいがぐり頭である。

「瑛子、玲子、晋一さん、お入りなさい」

行儀よく二人の姉が母親の後ろに隠れるようにして敷居を跨いだ。一番年嵩なのだろう、瑛子と呼ばれた姉が男の子の晋一を手招きする。晋一は慌てて瑛子と玲子の間に隠れるように潜り込む。そして母の腰の陰からチラリと玄関の奥を覗き込んだ。

カーテンを閉めて明かりの漏れるのを防いでいる真帆の母に夫人が尋ねた。

「あの、真帆さんはご在宅でしょうか?」

これには母が驚いた。どう考えたって夫人と真帆の接点はないはずだ。しかし、佐久間夫人がそう言うのだから呼ばないわけにはいかない。口に手を添えて真帆を呼ぶ。障子の陰でこの遣り取りを聞いていた真帆も当然驚く。妹たちと顔を見合わせる。二度呼ばれ少し足を縺《もつ》れさせ障子に肩をぶつけながら玄関に向かった。

「何です、奥様にご挨拶なさい」

突っ立ったままの真帆を叱責する母に、慌てて正座した真帆は一礼する。若輩の真帆に対し夫人は丁寧に礼を返すと機関助手拝命を祝ってくれた。

「若いのにご立派ですわ。普通なら任命されるはずのないお年ですわね。それに真帆さんはお強いと評判ですのね」

真帆がきょとんとする。

「彼方此方で汽車がグラマンに空襲されていますのに、真帆さんは一度も遭われていないとか」

「そ、それはただ運が良かっただけで……」

「瑛子、玲子、晋一さん、お出でなさい」

言われて三人が前に出る。あまり見覚えはないが以前よりくすんだ感じのする服装だ。妹たちとほぼ同年だが学年は違う。だが、顔見知りのようだ。瑛子と玲子は真帆の前で何となく恥ずかしげだ。

「宅の子供たちを明日、真帆さんの乗務する汽車で学童疎開させることにしましたの」

実は夫人の実家が長野の山林王で、其処なら空襲からは間違いなく安全だった。夫人は子供たちを実家に送り込むことにしたのだ。

「真帆さんは、グラマンの空襲にお強いと聞いております。一度も襲われたことがないとか」

奥方は同じ文言を繰り返しながら狭い上がり口に横座りとなり、真帆の正面に迫って来る。

「宅の子供たちをくれぐれも宜しくお願いします。無事届けてやってくださいまし」

静まり返る玄関、何事かと寝床から起きてきた祖母も廊下で凍り付いている。夫人は横座りの姿勢から肩を捻り前屈みになってグイっと顔を出す。息が掛かりそうになり真帆が思わず上体を反らすと、夫人の細く白い喉元がそれを追うようにぬるりと伸びた。妹たちが後々まで語り草にした光景である。

「くれぐれも宜しくお願いします」

何度も頭を下げて帰って行く夫人に真帆は、

「精一杯務めさせて頂きます」

と言うしかなかった。

「こ、怖かったぁ。ろくろっ首って本当にいるのね」

「こ、これ！　滅多なことを言うもんじゃないよ。奥さんに聞こえたらどうするの」

祖母に窘《たしな》められて奈津子が口を手で塞ぐ。

しかし、母はため息をつく。夫人が置いていった手土産の菓子折が、半年前に閉店したはずの「くりや」の高級饅頭だったからだ。

「あるところにはあるのねぇ」

そんなことには頓着せず饅頭を手にしようとする妹たちが祖母に叱られる。

「夜に甘いものは駄目ですよ。虫歯になったらどうするの。仏壇にお供えするのが先ですよ」

渋々手を引く妹たちだが、真帆が首を捻っている。

「どうしたんだい？　あの奥さんに面食らったのかい」

「ううん、それもあるけど、どうやって乗務割を知ったんだろうって、不思議なんだよ。乗務割を口外するのは禁じられているし、バレると憲兵に引っ張られるのに」

家族全員が嘆息した。

翌朝、真帆は進藤機関士に尋ねるが、佐久間夫人は真帆の所にだけ来たようだった。汽車が動くと聞いて、朝のホームは早くもごった返していた。疎開に向かう学童と見送りの両親や親族を縫うようにして、佐久間夫人が子供たちを連れてやって来る。

「真帆さんの乗る機関車に一番近い客車に乗りましょう」

そう言って体より大きそうなリュックを背負う三人を客車に押し込んだ。小さな晋一はリュックの重さに負けて体が反り気味である。姉二人はリュックの他に手提げ荷物も持っている。それが客に引っ掛かって中々前に進めない。やっとの思いで中ほどまで進んだが、ホーム側の座席は疎開する学童でほぼ満席だった。窓には道中の心配をして飲み物や菓子類を渡す親たちが群がっている。

「あっ、瑛子ちゃんも行くの？」

先に窓際に座っていた少女が瑛子に声を掛ける。クラスは違うが同級生だった。

「ミヨ子ちゃんも疎開？」

ミヨ子と呼ばれた少女は特に瑛子と親しいわけではなかったが、玲子のスカートを掴んで半べそを掻いている晋一を見て尋ねる。

「弟さんかしら？」

「ええ、晋一って言うの。疎開が嫌でグズグズするから遅くなっちゃって、乗り遅れるかと思った」

「うちの弟、健次郎、しんいちちゃんより大きいわね……」

一寸考え込んだミヨ子は弟を立たせる。

「此処に座って、私たち反対側に移るわ。彼方《あっち》はまだ空いているから大丈夫よ」

「でも、ミヨ子ちゃんのお母さんが見送りに来てるんでしょ」

ミヨ子が首を横に振る。

「ううん、母ちゃん足が悪いから駅には来られないし、父ちゃんやお兄ちゃんたちは朝から畑に出てるの」

この姉弟の見送りは誰も来ていない。姉に促されて健次郎も席を離れるが、二人の荷物は粗末な頭陀袋《ずだぶくろ》に風呂敷一枚に包まれたものだけである。

「有難う、ミヨ子ちゃん」

お礼にキャラメルを分けようとする瑛子だが、ミヨ子は中々受け取らない。そんな姉たちの脇を擦り抜けて晋一が窓に齧り付く。前の見送り人を押し退けて佐久間夫人が晋一を抱き締める。途端に発車のベルが響き渡り間髪を入れずに汽笛が鳴る。機関車の傍なので耳がキーンとなって一瞬何も聞こえなくなってしまう。

「見送り人は下がって、下がって」

車掌が声を嗄らして叫び、車窓に群がる人々を下げようと奮闘し始めた。一度は離れた佐久間夫人だが、直ぐにまた晋一の手を握り車窓に縋り付く。

「こらこら！　そこの！　離れて、離れて！」

車掌に怒鳴られても中々離れない佐久間夫人を、人員整理に来ていた職員が引き剝がす。と同時に列車はゆっくりと動き始めた。

「……晋一！」

動き出した列車を追い掛けようにも、人混みに遮られて動けない。両手を挙げて泣きながら子供の名を呼ぶ佐久間夫人だったが、傍から見ると少し滑稽にも感じられた。それだけ夫人は必死だったのだが、列車が見えなくなっても暫くホームに座り込んだままである。付き添ってきた女中に何度も促されて帰路につく。髪は少し解《ほつ》れ、モンペの膝のあたりが汚れている。何度か躓きその度に女中に支えられながら家に辿り着いた。

「ほらほら、田圃が奇麗ね。稲穂が波みたいでしょ」

「あっ、あそこに案山子《かかし》、あはは、鳥が止まってる」

めそめそと母を慕って泣き続ける弟をあやし機嫌を取る姉たちだ。佐久間夫人も二人の姉が付いているから年少の晋一を疎開させることを決めたのだ。晋一は佐久間家の跡取りである。何としても死なせるわけにはいかなかった。

敵機襲来！

「わあ、このＤ−51は凄いですね」

「君にも分かるか」

「直ぐに圧力が上がりました」

「この機関車はＤ−51の改良型でバランスが良いのだ。戦時急造でもないしな」

　気持ち良く上がる蒸気、振動の少ない走り、そして何より動輪の空転を殆ど生じない滑らかさが嬉しい。勿論進藤機関士の技術があってのことだ。この機関車なら何時間乗務しても疲れないなと真帆は思った。

　鉄橋の手前の駅で停車し水を補給すると、機関車は山線に向けて出発する。蒸気圧は一三から一四キロを悠々と保持している。緩やかなカーブの先に澄み切った青空の下、鉄橋の姿が見えてきた。

「あっ、鉄橋だ！」

誰かが叫ぶと子供たちの歓声が上がり、一斉に窓から顔を覗かせる。幸い風向きが良いので煙は反対側に流れ窓からは入って来ない。周りの大人が子供たちの煩《うるさ》さに小言を言わなかったのはその所為だろうか。

「ほら晋一さん、鉄橋よ、見える？」

漸く機嫌を直した弟をさらに気分良くさせるため、玲子が窓の外を指差す。

「本当だ。長いのかな、でも赤くないね」

鉄橋はアーチもトラス桁もない地味な橋だった。途中保線夫が退避する避難場所があるが、今日は誰もいないようである。だが、真帆の機関助手席側の窓からは、線路脇を転げるように林の方へ駆けて行く数名の線路夫が見えた。皆空荷である。商売道具のスコップやハンマー、つるはしすら持っていない。その中の一人が真帆に向かって手でメガホンを作り何か叫んだが、聞こえるはずもない。反対側の進藤機関士は勿論気付かない。そして、それが惨劇の始まりだった。

「あれ、お姉ちゃんとんびが飛んでるよ。輪を描いてる」

「えっ？　何処に」

「鉄橋の向こうだよ、山の上」

晋一に言われる前に気付いた者もいるらしく、彼方此方で「とんび」「たか」「わし」とかいう声が上がり始めた。中には鳶《とび》と鷹《たか》の飛び方の違いを講釈し始める者すらいた。

「玲ちゃん、晋一さん、窓から顔出しちゃ駄目よ。危ないから」

「うん、分かってる。でもとんび、何処に？　見えないの」

晋一の視界を遮るように玲子が窓と体を平行にする。玲子の背中で窓の外を見られなくなった晋一が前の座席の間に立つ。玲子はさらに顔をやや後ろに向けるように肩を捻ると、はっきりと此方《こちら》に向かって来る鳶が見えた。そして鳶の翼が真っ赤に光る。それが玲子が見た最後の光景だった。

「わぁっ！」

真帆は後ろからいきなり腕を取られて投げ飛ばされてしまい、狭い機関室の中で背中から鉄板の床に叩きつけられた。息が詰まると同時に機関室から転げ落ちそうになる。時速四〇キロは出ている機関車から転落すれば無事では済まない。昇降用のステップと手摺りに必死で掴まると、辛うじて機関室に転がり込むことができた。自分の身に何が起きたのかまるで分からない儘だ。左足の裏には線路の砂利を蹴ったような感触が残っている。

それでも四つん這いになりながら荒い息を鎮め動悸を抑えようとする。途端に耳を劈く汽笛が機関室一杯に鳴り響いているのに気付く。汽笛の牽引索でも切れたのだろうか、それとも何処かの蒸気管が破裂したのだろうか。全く分からない。

「どうした！　大丈夫か！　ケガはないか！」

進藤機関士の声が機関室内にビリビリと響く。軍艦の機関兵としての艦隊勤務の経験が物を言う。シリンダーに蒸気を最大限送り込んでD－51の最大速度を出させようとしていたのだ。

「おい！　何をしている！　蒸気圧が落ちてきているぞ！　石炭をくべるんだ」

ハッとする真帆だが、次の瞬間耳を疑う。

「畜生！　グラマンだ！　空襲警報は出ていなかったじゃないか、くそおっ！」

立ち上がった真帆は、山の方を目がけて連なって上昇するグラマン戦闘機を見る。途端に背筋が寒くなるが、再度進藤機関士に怒鳴られてバネで弾かれたように投炭を始めようとした。が、思わず蹈鞴《たたら》を踏み再び転倒しかけた。バランスを崩したのだが、手に持ったスコップを見て竦《すく》み上がった。何とスコップの腹の真ん中が抉《えぐ》られて外側のみ残り、まるで捻じれた刺叉《さすまた》みたいになっていたのだ。

瞬時にしてスコップに何が起きたのか理解する。ほんの数十センチ先を機銃弾が走り、命中していたのだ。自分を投げ飛ばした力の原因を悟り、恐怖で竦み上がったのである。少量失禁していたかもしれなかった。弾丸が炸裂弾か焼夷弾ならば無事では済まなかったはずだ。

慌ててスコップを投げ捨てようとしたが、柄を握った指が開かない。必死で振りほどこうとスコップを振り回すが離れない。スコップの先が天井にぶつかり、その衝撃で手から離れ機関室の外に転がり落ちて行った。

「何をしている！　蒸気を上げろ！　上げるんだ！　グズグズするな！　トンネルに逃げ込むぞ！」

小スコップを手にした真帆は、狂ったように後先考えずに石炭を放り込む。それが功を奏したのか蒸気圧の低下が止まった。しかし、相変わらず悲鳴のような汽笛は鳴り続け、速度は思ったようには出ない。尤もD－51が最高速度を出したとて、戦闘機に敵うはずもない。それは、たとえ特急つばめでも同じだ。二機のグラマン戦闘機は悠々と旋回すると、再び走る機関車に軸線を合わせようとした。トンネルまでは未だ距離があるが、幸い緩いカーブの連続で直線ではない。進藤機関士と真帆の今までの幸運は全く無くなってしまったように見えたが、二人のツキは未だ少し残っていたようである。一つは線路が直線ではなかったこと、そして二つ目は、グラマン戦闘機のパイロットの射撃の腕がそれほどでもなかったことだ。六丁の一三ミリ機銃弾が全弾命中していれば、走る機関車など一溜りもなかった。勿論命中弾はあったが、機関車の致命傷とはならなかった。だが当然客車にも命中していた。機関車に一番近い客車に、である。

ミヨ子は真帆と同じように誰かに背中を強く押されて通路に投げ出されていた。それが機銃弾の所為であるとは分かる訳もない。ミヨ子の後ろの座席二つ分がそっくり無くなっていたのだが、それは随分後で知ったことだった。激しく揺れる列車の床に頭や顔を打ち付けられる痛さで目を覚ましたミヨ子は、左肩の激痛と左腕の痺れで暫くは起き上がることができなかった。

「けんじぃ！　けんじ！」

弟を呼ぶが返事はない。座席の脚や肘掛けに掴まって何とか立ったが、大きく揺れる度に跪いたり再度転倒した。背凭《せもた》れにしがみ付いて何とか立っていられるようになる。すると向かいのボックスで口を半開きにして呆然と座席に座っている晋一がいた。

「し、しんいち、ちゃん、大丈夫？　瑛子ちゃんたちは何処？」

目を一杯に見開いていた晋一は、ゆっくりとミヨ子の方に顔を向ける。細い肩が小刻みに震えているのが分かった。そこでミヨ子はこの世ならぬものを見る。

「お、お姉ちゃんたちは……」

「ぼ、僕もう泣かないよ、おねえちゃん」

見開いた目が血走っている。泣かないと言ったが既にぽろぽろと大粒の涙が零れ落ちていた。ミヨ子は晋一の足元がドス黒くなっているのに気付く。それは液体で列車の振動によって前後左右に流れ動く。そして窓の下の壁に人間の脛《すね》が張り付いていた。子供のものである。しかし、靴下も靴も赤、不思議なことに斑《まだら》に染まっているのでいかにも安物に見えた。しかし、ミヨ子はその靴に見覚えがあった。玲子の履いていた高級運動靴である。煮染めたような汚れた布の靴しか買って貰えなかったミヨ子には、ただ羨ましかった代物だった。しかし、色は真っ白で甲の外側に赤い釦《ボタン》の付いたお洒落なものだったはずなのだが……。ミヨ子はあることに考え付いて思わず震え目を逸らす。その途端に晋一の右側の座席に目が行く。今気付いたのだが背凭れが約三分の一ほど無くなっていた。まるで齧り付かれて歯型の残った板チョコのように抉られている。そして、その座席には人が座っていた。確かに人ではあるが、上半身の右半分が切り取られた、人間の残りである。左の胸の下に縫い付けられた名札は既に血塗れだったが、「瑛」の文字が読み取れた。

途端に耳を塞ぎたくなるような悲鳴、怒号、鳴き声が押し寄せる。今の今まで聞こえなかったはずはないのだが、ミヨ子は混乱する。助けを求め母を呼ぶ子供たちの泣き声、激痛に耐えかねて呻き唸る大人たちの怒声、痛さに転げ回って苦しみ、いつの間に開いたのか座席ごと無くなっている大穴から転げ落ちてしまう者、客車の中は地獄に変わっていた。その地獄をあまり味わわないで済んだのは、ミヨ子の幸運だったかもしれない。

「お姉ちゃん。ぼく、もう泣かないから、たすけて」

晋一がミヨ子に縋るかの如く顔の向きを変えた時、ミヨ子の精神は全てを受け入れることを拒絶した。白目を剥いて崩れ落ちたミヨ子は、三日三晩目を覚まさなかったのだ。


非情な中にも少しの幸運はある。二撃目のグラマンのパイロットは新米だった。一撃目を受け持った先輩も射撃下手のようだった。そんな上官の部下はさらに射撃下手で、発射された弾丸は全て機関車を通り越し、線路脇の川原に吸い込まれていく。触れればただでは済まない死のスコールだ。

先輩パイロットが何かコックピットで喚いている。三撃目を計画したのだろう、同じような弧を描いて機関車の後ろに回り込もうとする。本来なら正面からの銃撃でもよかったのだが、トンネルを背負った山が迫っていた。

　最後尾の客車がぴょんぴょんと大きく跳ねて脱線寸前だ。銃撃は受けていないはずだが、車輪か車軸の足回りに損傷を受けたのだろうか。此処で脱線でもされたらトンネルには辿り着けない、万事休すだ。しかし、それは機関室からは全く見えない。

「よし、いいぞ。この調子だ、汽笛が止まらなくなったが、蒸気が回復しつつある。この調子だ、頑張れ！」

「はい！」

　真帆は強《したた》かに打った膝や肩が痛んだが、構わず石炭を投げ込む。学校で習った火床を平らにする丁寧な投炭法など守っている場合ではなかった。できるだけ短時間で目一杯投炭し、できる限り蒸気を上げねばならない。

　機関車は時速六〇キロで疾走する。しかし、無情にもグラマンの三撃目が機関車を襲う。弾丸の列が蛇のように機関車目がけて延び、その先端が機関車に届いた瞬間、グラマンは射撃を止め高度を上げた。目前にトンネルを背負う山が迫ったからだ。進藤機関士の目論見は半分成功した。

「絶気！　ブレーキ！」

後ろを向いて尻餅をついていた真帆は、急ブレーキの所為で仏壇返しに倒れ後頭部を嫌というほど床に打ち付ける。意識朦朧となりながら立ち上がった真帆は、機関車が短いトンネルからはみ出ているのに気付くが、戦闘機が空から狙える位置ではない。立ち上がった途端よろめいてバランスを崩し、掴まり立ちをしなければならなかった。何とごつい安全靴の右の踵《かかと》が無くなっているではないか。トンネルに入る寸前に炭水車に轟音がして何かに足を掬われていた。それで尻餅をついたのだが、その時踵を持って行かれたらしい。機銃弾が炭水車に命中し、弾かれた石炭が跳弾となって機関室に散乱したのだった。

「進藤さん、やりましたね！　グラマンは行ってしまいました」

真帆が進藤機関士に声を掛ける。

「進藤さん、進藤さん？」

しかし、進藤機関士は加減弁ハンドルを握った儘やや俯いて動かない。真帆が床に散乱した石炭の欠片を踏みながら近付くと、進藤機関士が真帆の腕の中に崩れ落ちた。

真帆はその時初めて、床が血の海になっていることに気が付いた。

「し、し、進藤さん！　進藤さん……」

新藤機関士の肩を揺さぶる真帆だが、返事はなく、青白くなった顔の目は二度と開かなかった。この時真帆に左手から息ができないほど強烈な痛みが上がってきた。そこで左手の小指と薬指がほぼ真ん中から無くなっているのを知る。息を吸うだけで頭の芯に響く痛みが走る。真帆は進藤機関士の大きな体を抱えたまま、何もできなくなってしまった。

霊安室

「よく頑張ったな、痛いのは生きている証拠だ。後は化膿止めの注射を打っておこう、薬も出しておくよ」

手当をしてくれた医師は、右足の親指の爪が剥がれかけているとも言った。

「歩けるかしら？」

「はい何とか大丈夫です。」

診療室から出たがる真帆を落ち着かせようとする看護師を振り切るように、病院の霊安室に向かう。薄暗いコンクリートの壁は気味の悪い染みが所々に浮いていた。肺腑を抉る慟哭《どうこく》の声が聞こえてくる。大きな扉の前で真帆は一瞬立ち止まるが、付いて来た看護師が目配せすると自分で戸を開けて部屋に入った。

「あなたぁ！　ああっ！」

「お父さん！　お父さん！」

進藤機関士の夫人と一人娘で真帆の辞令が下りたのを態々《わざわざ》知らせてくれた少女だ。中に詰めていた機関士たちが一斉に真帆に注目する。岡田機関士が突進して来て、真帆の両肩を掴む。

「乱暴にしないでください。この方は大ケガしてるんですよ」

看護師に怒られて岡田機関士は肩から手を離す。確かにこの時の真帆は包帯だらけだった。左手は部厚い包帯で包まれ、左腕は三角巾で吊られている。顔は傷だらけ、頭は瘤だらけで、赤チンで消毒されて包帯と絆創膏がベタベタと貼り付けられている。そして右足も包帯で固められ、爪先には添え木が当てられている。そして松葉杖を突いている。

「進藤文代です。ご苦労様でした」

岡田機関士の後ろで涙を拭き、鼻水を堪《こら》えながら娘の文代が頭を下げる。岡田機関士が慌てて前を空けると、機関士全員が帽子を左脇に挟み直立不動の姿勢を取る。

真帆は、絞り出すように進藤機関士の最期を語った。

「進藤さんはグラマンに襲われると直ぐに、トンネルに逃げ込むことを選択しました。それが成功しました。少しでも躊躇すればみんなグラマンの餌食だったと思います」

真帆は滂沱《ぼうだ》の涙を流しながら、進藤機関士の最期の言葉を伝える。

「トンネルに飛び込む直前に、進藤さんは『絶気！　ブレーキ！』と叫びました」

どよめく機関士たちだが、岡田機関士が訝しげに尋ねる。

「トンネル直前だと？　最後にグラマンに撃たれたのはどのあたりだった？」

質問の意味を理解することができず真帆が口籠っていると、進藤夫人が真帆の前に立つ。そして包帯だらけの真帆の顔に手を当てた。

「可哀そう、可愛いお顔がこんなに傷だらけになって、痛まない？」

「お母さん……」

慌てて止めに入る娘の文代だが、真帆の頬を摩りながら泣く母を強く制することはできなかった。真帆にしても柔らかな女性の手で優しく包帯を触られても痛くはない。

機銃弾が命中した炭水車から跳弾となって飛散した石炭の欠片、そのうちのたった一つが背中から心臓を貫通したのが、進藤機関士の致命傷だった。進藤機関士の傷はそれだけである。傷だらけで包帯に巻かれた真帆より、はるかに奇麗な遺体だった。

この時唐突にサイレンが鳴り響く。空襲警報に間違いないのだが、都市部なら日常でもこんな田舎町では皆初めてのことだった。狭い霊安室の中で右往左往する。気の利いた者は機関区へ走って戻って行った。だが、サイレンが鳴り始めてから十数秒後ドーンという鈍い音とともに微かに足元が振動した。そして一拍置いてドアが軋んだではないか。

「な、何だ！　地震か？」

「これから揺れが来るのかな？」

「病院の中の方が安全かな？」

浮足立つ面々だが、それ以降音も揺れも発生せず皆顔を見合わせてホッとした表情を浮かべる。停電が発生しなかったことも安心感の要因でもあった。しかし、鳴り止まないサイレンが不安を助長する。進藤機関士の遺体を前にしては、一斉に機関区には戻りづらい。皆もじもじするばかりだ。ところがそこに先ほど機関区に戻った連中の一人が息せき切って血相を変えて飛び込んで来た。

「た、た、大変だ！　撃墜されたB公が空中でバラバラになり、ゴホホッ、外れたエンジンが幸町の映画館に落ちた！」

どよめく機関士たちが、我先にと霊安室を飛び出し機関区へと駆け出して行く。通報に戻って来た若い機関士が岡田機関士に何か耳打ちする。頷いた岡田機関士が真帆に近寄ると厳しい表情で告げた。

「坊や、聞いたろう、映画館付近で大火災が発生しているらしい。直ぐ帰るんだ。機関区には来なくていい、坊やの家も危ないぞ。確かお前の家は幸町の隣の栄町だろう」

「真帆さん、早く帰ってあげて、早く！」

目に一杯の涙を溜めた文代に言われて、真帆はその言葉に甘えるしかなかった。岡田機関士はどうするのだろう？　霊安室を出る時、機関区へ戻る素振りを見せなかった岡田機関士のことを慮《おもんぱか》ったが、確かめることはできなかった。

部屋の外に出ると、建屋の中にいても焦げ臭さを感じた。消防自動車のサイレンが耳に飛び込んでくる。遠くからのサイレンも聞こえてきたので火事の大きさが予想され不安が過《よぎ》るが、表に出るとそれは現実だった。鈴蘭通りの奥から真っ黒な煙が竜のように立ち上っている。間違いなく映画館のある場所だ。左の三条通り商店街でも火の手が上がり始めているのは、B-29のエンジンが右手、名古屋方面から落下したことを窺わせた。事実右側にある本通り商店街には火事被害はなかった。

真帆は指や爪先の痛みを忘れて駆け出す。松葉杖は小脇に抱えた儘だ。商店街の入り口に来るともう煙が漂っていた。両脇に店舗が立ち並んでいる構造は、アーケードこそないが煙突みたいなものだ。火の回りは速い。案の定、映画館のある奥の方からどんどん煙が走って来る。その先に真帆の実家がある。

煙を迂回しようかと考えたが息ができないほどでもなく、機関車でトンネルを通過する時に比べれば大したことはなかった。手拭いで鼻と口を覆い商店街を通り抜けようとした。商店街のほぼ半分が倒壊し映画館に最も近い出口付近は炎で真っ赤だった。既に十か所以上から火の手が上がり始めている。畳三枚分の「くりや」自慢の檜の一枚看板が落下して激しく燃えている。風呂屋の焚き付けじゃあるまいし……真帆は唇を噛む。向かいの小母さんの汁粉屋もやられていた。半壊して隣の花屋の店舗と混ざり合った玄関から、早くも炎が噴き出していた。噴き出す煙と炎で中が見えない。

「小母さん！　小母さん、大丈夫？　小母さぁん、いるのぉ！」

真帆の後ろから消防士が止めてくれた。

「危ない、下がって、下がって！」

店の中は机や椅子が散乱し、その上に屋根が落ちて被さってしまっている。倒れて燃えている柱の下に、小母さんのひしゃげた丸眼鏡が見えたような気がした。しかし、真帆にはそれを確かめる術はなかった。

「映画館周辺は立ち入れない。迂回して」

「病院アパートの隣が家なんです。帰らなくちゃならないんです」

消防士は真帆の姿を見て少し驚いたようだが、親切に本通りに迂回することを勧めてくれた。三条通りを回るより遠回りだが、火災の影響は今のところ少ないという。

「有難うございます！」

礼を言うと脱兎の如く駆け出す真帆。神社本宮の森が目に入る。ここまで火が回ることはあるまいと考えながら家を目指して駆けた。いつもより体が重く大汗が出ている。しかし、走るスピードを緩めることはできなかった。

「あっ！　お兄ちゃんが帰って来たぁ！」

「お母さん、お兄ちゃんよ！　お兄ちゃん」

家の前に立って駅前を見つめていた母たちが横から駆けて来る真帆を見つけ、奈津子と筆子の妹たちが歓声を上げた。てっきり正面の駅前通りから帰って来るとばかり思っていたのだ。家から見える駅前方面の商店街からは、その全部が燃えていると錯覚するような毒々しい赤い炎が広がっている。さらに数年前に噴火した近くの火山から噴出した噴煙に負けないくらいの激しい煙が空を覆い始めていた。建物が密集しているため類焼は免れない。小さな町の消防では手の施しようがないだろう。

近所の面々も真帆の帰還を知って集まって来る。そしてその姿を見てただならぬことが起きたと知る。母が真帆の両肩に手を置いて尋ねる。

「無事だったのかい？　お前の汽車が襲われたって聞いたから、生きた心地がしなかったんだよ」

「お兄ちゃん凄い！　包帯だらけ」

妹にそう言われて真帆は視線を落とす。祖母がもうポロポロと涙を流して真帆の頬を撫でる。荒い息をやっとの思いで鎮めると、絞り出すように話し始めた。

「グラマンの空襲に遭い、銃撃を受けたんだけれど、トンネルに逃げ込んで助かりました」

唇を噛みしめて上を向いた真帆が進藤機関士の最期を伝えると、仰天した母と祖母は目を見開き口が開けっ放しになってしまう。近所の人たちも驚きでどよめく。

「客車も銃撃を受けました。相当数、被害を受けたようです」

集まった人たちが静まり返る中、サイレンだけが鳴り続ける。煙は大半が右の方に流れており、恐らく駅舎や機関区には延焼しないものと予想された。その代わり三条商店街は風下に当たるので無事では済まないと思われた。案の定、夜遅く焼け出された床屋を営む伯母一家が避難して来た。着の身着の儘だが、風呂敷一杯に商売道具を携えている。伯母は母の姉だ。子供はいないが四人の理容師見習いの少女を抱えている。

「あらまぁ、まあ坊何てことになったの、痛まないの？　熱はないの？」

「もう落ち着いた。少し疼くけれど大丈夫。解熱剤と鎮痛剤を貰っているから明日は機関区に出るよ」

「まあ坊は頑張り屋だね。でも無理しちゃ治りが遅くなるわよ」

そう言った伯母だが、翌朝から未だ煙が燻る商店街で青空営業を始める。勿論、今で言うボランティアだ。焼け出された者たちの頭を洗い、髪を切り、顔を当たる。大変喜ばれた。

店は丸焼けで、理髪店に不可欠な椅子は勿論のこと、大鏡、タイル張りの洗髪台などが灰となっていた。中でも自慢の理髪用の回転椅子は背凭れがリクライニング仕様で足載せも付いていた。全身も映せる大鏡と合わせて新しく揃えられたのは、終戦後かなり経ってからだった。

復帰

真帆は、寝不足気味の頭を少しふらつかせながら機関区に顔を出した。床屋の住み込み見習いの少女たちを含め家の中が女だらけになってしまったため、落ち着いて眠れなかったのだ。自分の家なのにトイレに行くのにも気を遣う。ただ、伯母の店が忙しい時は母が食事や弁当を作ってやっていたので、少女たちとは顔見知りである。弁当の運搬などは妹たちが請け負ったが、見習い少女たちが時々交代で食事をしに来ることも珍しくなかった。四人とも妹たちと仲が良く、本当の姉妹のようだった。一緒の布団で寝て、まるで遠足気分のようだった。

「おお！　坊や大丈夫か」

詰めていた機関士たちが目を丸くする。昨日は奇麗だった包帯にも汚れや血が滲んでいる。皆、真帆が左手の指を二本無くしたことを知っている。数か月間は業務に復帰することはできないと思っていたのだ。昨日の空襲の余波で真帆と同期の九人の見習いのうち五人が家事都合を理由に欠勤した。

小さな町は駅前の繁華街が半分近く焼けて大騒ぎであるが、都市部への空襲は意外と少なく比較的平静だった。しかし、鉄道は中々動かなかった。特に蒸気機関車は煙を吐くので遠くからでも見つけ易い。従って格好の標的になるからだ。機関士たちに動揺と不安が充満している。進藤機関士のようなピカ一の技術を持ったベテランでも、逃げ切れずに犠牲になる。詰め所内は重く沈んでいた。

其処に運行課長が岡田機関士とともに入って来る。岡田機関士は相変わらず仏頂面だが、運行課長は俯き加減だ。

「何だ、何だ、お前たち！　死人みたいな青い顔しやがって」

次席指導機関士の立場にある岡田機関士が雷を落とす。首を竦める機関士たちに言い難そうに運行課長が口を開く。

「ダ、ダイヤは乱れて出発時刻も分からないが……列車を出して欲しい。午後から二本だけだが」

聞いた途端、機関士たちは運行課長を睨み付けて拒絶の意思を示すか、そっぽを向くか俯くかで、目線を合わせようとしない。哀れ運行課長は二の句が継げなくなってしまう。そこに岡田機関士が切り付けるような鋭い視線を投げ付けると、乗務を希望する者を集めようとした。その岡田機関士が言い終わらないうちに、真帆が手を挙げた。

「行きます」

これには当の岡田機関士も他の機関士たちも驚いた。互いの顔を見合わせてざわめく機関士たちだが、岡田機関士は快諾する。

「よし！　俺と組もう」

本来ならペアを組むはずの藤田見習い機関士は、実家が被災した商店街の金物屋であることを理由に欠勤していた。既《すんで》の所で火災には遭わなかったのだが……。

「じ、自分もやります！」

「やらせてください！」

それを見て若い機関士が数名手を挙げる。

岡田機関士が彼らの順番を決めると、残りの機関士たちが我も我もと出発前点検を買って出る。

「俺が手伝うよ」

「グラマンには気を付けてな」

彼方此方でハンマーの音が響き始めた。岡田機関士は何も言わずに真帆とダイヤの確認をする。最後は運行課長と互いの懐中時計を合わせて準備が整うことになる。

何処《どこ》かで列車が動くとの情報を聞き付けたのだろうか、貨客混載ではあるがホームでは出発待ちの客で溢れている。流石に今日は、学童疎開はない。それでも何処から来たのか親や祖父に引率されて来る子供が散見された。

運行課長が情報を上げてくれる。

「今日は今のところ、B-29の空襲警報は出ていない。ただ、線路が十数か所寸断されているので、ダイヤはあってないようなものだ」

岡田機関士がいつものようにニコリともせず吐き捨てた。

「B-29の爆弾など、鉄橋や駅舎みたいに大きくて動かない目標ならいざ知らず、走る機関車になぞ当たるものか！　怖いのはグラマンだ。俊敏だし空襲警報に引っ掛からない。いつ撃たれるか分からない。目の良い事務方を選抜して一名上空監視のため同乗させてくれ」

運行課長が口をへの字に曲げた。一度は拒否した運行課長だが、岡田機関士に怒鳴られる。何方《どっち》が上司か分からない。

「一度に沢山の機関士を危険に晒してどうする。機関士不足で列車が走れなくなってもよいのか。運行課長として責任が取れるのか！」

そこまで言われても運行課長が何とか苦労して集めて来た事務方に対し、岡田機関士は容赦しなかった。フラフラしていたり、一寸でもへっぴり腰に見える者にはいきなり鉄拳制裁である。ビンタではない。集められた事務方にとってはグラマンより岡田機関士の方が怖かった。

「いいか、監視空域は前三後ろ七だ。前は特に機関助手側の右を注意しろ。左は機関士が見張る。いいな！」

そうは言われたが、実際狭く揺れる機関室内での任務は危険で、しっかり掴まる場所を確保していないと転げ落ちそうだった。

ホームではいきなり列車が動き出したので乗客が混乱を起こした。慌てて飛び乗る者、逆に降りようとする者が交錯して、ホームで転倒する客が出たくらいだ。乗り遅れた乗客が駅員に食って掛かるが、駅員は取り合わなかった。

「何故発車ベルが鳴らないんだ？」

問い詰められた駅員は煩そうに言い放つ。

「敵に発車ベルを聞かれたらどうする！」

乗り遅れた乗客は呆れたように駅員を見つめたが、駅員は大真面目だった。ほぼ満員の客車二両と五両の貨物を引いて出発する。幸い空襲はなさそうだ。上空監視の駅員は真剣そのものである。そんなに最初から緊張していると最後まで持たないのでは？　と真帆は心配だった。ザッザッと規則正しい投炭の音が響く。列車は普通列車で本来なら急行のように通過する駅はないのだが、今日は小さな駅には止まらなかった。

「気を付けてなぁ、スーラスーラにならんようになぁ」

元満鉄勤務の老駅長のいる駅では、駅長、助役以下職員全員で見送ってくれた。岡田機関士は頷くと鋭い動作の敬礼で応える。老駅長は若い真帆に好々爺のような慈しみの眼差しを送る。殉職した進藤機関士のペアだと覚えているのだ。青く澄んだ空も、静かに風に揺れる稲穂も、雲を背負った山も、いつもと変わらず流れる川も、昨日の惨劇など知らなげである。鉄橋は被害を受けなかった。線路夫たちは鉄橋の外で帽子を振っている。

「あ、赤蜻蛉だ、一杯飛んでる」

窓の外を眺めていた疎開児童が目を丸くして田圃を指差す。少し線路から離れていたので、汽車の起こす気流には巻き込まれなかったようだ。

「おお、随分群れているな」

と、隣の老爺が眼鏡を外して答えた。釣られて近くの乗客が見ようとしたが、汽車の方がはるかに速く、直ぐに距離が開いたため見つけられなかったようだ。

「お山の方に行くのかな?……」

老爺は興味がなかったのだろう、直ぐに眼鏡を掛けて小さくなった新聞に目を落としていた。鉄橋の後がトンネルだと知っている乗客が、彼方此方で窓を閉める音が聞こえ始め、窓を開けっ放しにしている乗客に注意を促す声も聞こえる。

「坊や、汽笛を鳴らせ」

「はい！」

元気よく返事をすると、真帆は左手で汽笛策を引く。同乗していた事務方がその左手を見て戦慄する。巻かれている包帯の小指側が赤く染まっていたからだ。既にその包帯も石炭で真っ黒になっている。投炭の際に焚口戸を開閉する鎖を、ケガをしている左手で引く。痛くないはずがない。火口の炎で照らされる真帆の顔にそれを気に病む表情は見えなかった。

いつもより長い汽笛が響くが、その意味を知る乗客はいない。窓を閉めることで大《おお》童《わらわ》なのだ。幸いほぼ満席で空のボックス席がないため、閉め忘れの窓はないようである。

真帆に汽笛を鳴らさせた岡田機関士は、汽笛が鳴るとその間運転席で敬礼をする。狭いスペースの中だ。それは腕を畳んで体にくっつける海軍式だった。

エピローグ

水鉄砲から水が飛び出るように、新幹線は圧力波とともにトンネルから出てくる。堤防からは遠く離れているために音は聞こえないが、グングン大きくなって来る。

「じぃじぃ、またしんかんしぇん」

蒲公英を摘むのに夢中になっていたふうちゃんは、近付いて来る新幹線をじぃじに知らせたかったのだろう。急な土手をふうふう言いながら登って来る。そして、新幹線を指差し、嬉しげにじぃじにも見るように催促したのだが、じぃじはベンチに座り杖を掴んだ儘頭を上げようとはしない。

手に一杯の蒲公英の束を持ったままふうちゃんは、膝を曲げてじぃじの顔を覗き込む。小首を傾げて訝しがるふうちゃんに、通り掛かった中年の小母さんが気付いた。額に少し汗を搔いているのは、一寸きつめのウオーキングの所為だろうか、少しふくよかな体形のせいだろうか。首に下げたタオルで汗を拭いながら、しゃがんでじいじの顔を見上げ始めたふうちゃんに声を掛ける。

「どうしたの？　お爺ちゃんなの？」

「うん、じいじ寝ちゃったの。しんかんしぇん来たのに、はいたんぽぽ」

と差し出した蒲公英の束を顔で払うように、じいじが横倒しに倒れる。

「あっ！　危ない！」

慌てて小母さんが肩を掴むが、重さを支えきれずに一緒に横倒しとなる。そうしなければベンチから転げ落ちたかもしれない。手から離れた杖がふうちゃんの頭を掠めて、河川敷の方に転がっていく。その河川敷では小学校の児童がサッカーをしていた。

その全員が顔を上げてじいじの方を向く。

「だ、誰かあ！　誰か来てぇ！」

慌てた小母さんのよく通る声が響いたからだ。

「だ、大丈夫ですか⁉」

通り掛かったジョギング中の青年がびっくりして覗き込む。小母さんが必死で肩を揺するが、じいじは目を閉じたままだ。口元がうっすらと開いているが、特に変わったことが起きているようには見えない。しかし、異変を感じた青年が携帯電話を取り出し一一九番通報をした。最初は指が強張って数回掛け直したが何とか通じたようだ。初めのうちは話す内容がかなり支離滅裂だった。しかし、電話口で応対する救急隊員の誘導により、落ち着きを取り戻していく。

「お、お名前は何て言うの？」

尋ねられてもふうちゃんから真面《まとも》な答えは返ってこない。幼いながらも、只ならぬことが起きていることは感づいている。

「じいじ、ふうちゃん」

を繰り返すのみだ。ふうちゃんの胸に迷子用の名札が付いている。どうしたことか住所しか書いていない。それでも人混みに釣られて集まって来た人の中に、ふうちゃんの近所の人がいた。

「あら嫌だ、汀さんの所のお爺さん？」

慌てて電話を掛ける。遠くに救急車のサイレンが聞こえてきたが、此方に向かってくれているのだろうか。

そんな中、ふいにふうちゃんが空を向く。

「じいじのエシュエル」

「えっ？　なに？　ふうちゃん」

「じいじのポー……」

小母さんがふうちゃんを覗き込むと、紅葉のような手が空を指す。

思わず小母さんがその指先を見上げるが、そこには白い千切れ雲が浮かんでいるばかりだった。

著者プロフィール

小栗 一男（おぐり かずお）

昭和28年 9 月北海道富良野市生まれ
昭和49年国立旭川高専工業化学科卒
同年三井化学㈱入社 茂原工場配属
平成25年三井化学㈱定年退職
同年アズマ㈱入社（千葉県市原市）
令和 5 年アズマ㈱定年退職
【趣味】読書 落語鑑賞 古本屋巡り
【特技】柔道（二段） ラグビー ベンチプレス
(千葉県ベンチプレス大会重量級優勝／平成元年度)

隧道はるかに

2024年12月15日 初版第 1 刷発行

著 者 小栗 一男
発行者 瓜谷 綱延
発行所 株式会社文芸社
〒160-0022 東京都新宿区新宿1－10－1
電話 03-5369-3060（代表）
03-5369-2299（販売）

印刷所 株式会社エーヴィスシステムズ

ISBN978-4-286-26127-0